Perrazo y Perrito
Big Dog and Little Dog

Dav Pilkey

Traducido por Carlos E. Calvo

Houghton Mifflin Harcourt
Boston   New York

Green Light Readers® and its logos are trademarks of HMH Publishers LLC,

registered in the United States and other countries.

www.hmhco.com

Library of Congress Cataloging-in-Publication Data is on file.
ISBN: 978-0-544-81325-0 paper-over-board
ISBN: 978-0-544-81324-3 paperback

Manufactured in China
SCP 10 9 8 7 6 5 4

4500693177

Ages	Grades	Guided Reading Level	Reading Recovery Level	Lexile® Level	Spanish Lexile®
4–6	K	D	5–6	240L	240L

To Eamon Hoyt Johnston

A Eamon Hoyt Johnston

Big Dog and Little Dog are hungry.

Perrazo y Perrito tienen hambre.

Big Dog and Little Dog want food.

Perrazo y Perrito quieren comida.

Here is some food for Big Dog.

Aquí hay algo de comida para Perrazo.

Big Dog is happy.

Perrazo está contento.

Here is some food for Little Dog.

Aquí hay algo de comida para Perrito.

Little Dog is happy, too.

Perrito también está contento.

Big Dog and Little Dog are full.

Perrazo y Perrito están repletos.

Big Dog and Little Dog are sleepy.

Perrazo y Perrito tienen sueño.

Big Dog gets in the big bed.

Perrazo entra a la cama grande.

Little Dog gets in the little bed.

Perrito entra a la cama pequeña.

Big Dog is lonely.

Perrazo se siente solo.

Little Dog is lonely, too.

Perrito también se siente solo.

Shhh.

Shhh.

Big Dog and Little Dog are sleeping.

Perrazo y Perrito están durmiendo.

Read the sentences below.
Which picture matches each sentence?

Lee las siguientes oraciones.
¿Qué ilustración corresponde a cada oración?

Big Dog and Little Dog are sleeping.

Perrazo y Perrito están durmiendo.

Here is some food for Little Dog.

Aquí hay algo de comida para Perrito.

Little Dog is sleepy.

Perrito tiene sueño.

Little Dog is lonely in his little bed.

Perrito se siente solo en su cama pequeña.

Story Sequencing
La secuencia del cuento

The story of Big Dog and Little Dog got scrambled!
Can you put the scenes in the right order?

¡El cuento de Perrazo y Perrito quedó desordenado!
¿Puedes poner las escenas en el orden correcto?

A

B

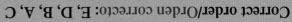

Learning Nouns and Verbs
Sustantivos y verbos

Ask a friend to make a list of seven nouns and five verbs. One verb should end in "-ed" and one verb should end in "s." Use the words to complete the story. Does your friend know how to take care of a dog?

Pídele a un amigo que haga una lista de siete sustantivos y cinco verbos. Usa las palabras de tu amigo para completar la historia de la siguiente página. ¿Tu amigo sabe cuidar a un perro?

Noun - a person, place, or thing
Verb - an action
Sustantivo - una persona, un lugar o una cosa
Verbo - una acción

Caring for a dog is fun, but it's a lot of
(noun) ! You must (verb) and (verb) and (verb) a dog. They should be fed healthy (noun) — no (noun) , (noun) , or (noun) . After dinner, they need to be (verb, ending in -ed) . If they get dirty they need a (noun) . This may seem like a lot of (noun) , but it's worth it when your dog (verb, ending in s) your face.

Cuidar a un perro es divertido... ¡pero da mucho (sustantivo) ! Debes (verbo) , (verbo) y (verbo) a ese perro. El perro tiene que comer (sustantivo) saludable en vez de comer (sustantivo) , (sustantivo) o (sustantivo) . Después de comer, tienes que (verbo) al perro. Si el perro se ensucia tienes que darle un (sustantivo) . Todo esto parece mucho (sustantivo) , pero vale la pena cuando tu perro te comienza a (verbo) en la cara.